출렁다리

시와함께(Along with Poetry) 시인선 023

출렁다리

장춘 시집

시와함께 넓은마루

| 시인의 말 |

존재는 인정에 의하여 조각된다는 말이 있다.

시 쓰기는 내 존재를 확인하고 인정하는 작업이요 방편이다.

여기에 묶어낸 시편들은 지나온 것에 대한 회상과, 주위의 풍경이나 사물, 사람들과 교감하며 주고받은 생각들을 담고 있으며

내 개인의 성장과정에 직간접적으로 선한 영향을 끼친 분들의 이름을 소환하였고

내 신앙의 숨결이 배어 있는 몇 편의 글들을 한데 모아 엮어보았다.

아무쪼록 어느 한 편의 시, 한 구절이라도 읽는 이에게 감동을 주고 위로가 된다면 더 바랄 게 없겠다.

2022년 가을 장춘

| 차례 |

시인의 말

제1부 귀뚜라미 울듯

12　　까치 소리

13　　모여서 피는 꽃

14　　초저녁 아기별

15　　 마음의 남은 땅

16　　빈 둥지

18　　낮달

19　　혼자 피는 접시꽃

20　　그리운 것은 저 산 너머에

22　　설거지하는 남자

24　　귀뚜라미 울 듯

25　　우산 받쳐준 사람

26　　발이 손에게

27　　바람도 친구

28　　좋은 풍경1

30　　동백꽃

32　　아버지의 검정고무신

제2부 죽음을 넘어서는 순간

산딸나무 한 그루　34

진짜 보석　36

봄날도 환한 봄날　37

희망버스 승차권　38

기분 좋은 퇴근길　40

진면목　41

노숙자　42

늦은 인사　44

별꽃　46

등받이의자　47

우주의 미아　48

북엇국　50

시화호 둑에 서서　52

한탄강2　53

솔방울 던져주며　54

삼척기행2　55

제3부 황촉불 타는 밤

58   우남 이승만

60   더글라스 맥아더

62   셔우드 홀

63   박상득 선생님

64   권정생

65   김우준 선생님

66   피나 바우쉬

67   하피첩

68   조선의 어부

70   황촉불 타는 밤

72   때 늦은 부탁

74   기쁨방앗간 주인

75   경회루

76   백령도

78   아산 정주영

제4부 죽음을 넘어서는 순간

가장 진실한 증인　82

헌혈　84

누가 인정해 준다는 것　86

거저 주는 사랑　87

기다림　88

주변정리　89

카푸치노 인생　90

운주사에서　91

에미가 죄인이로소이다　92

탈라야 울지 마라　94

지게차　96

백두산 천지　97

김상사에서　98

죽음을 넘어서는 순간　100

수족관의 물고기　102

거미줄　104

제5부 출렁다리

106   비 오는 저녁은

108   해 질 무렵

109   가을비2

110   목련

111   생활의 발견

112   흥부네 새해 아침

114   시래기 국밥

115   새 그릇 새 마음

116   신발을 보며

117   추억 줍기

118   소녀상 앞에서

120   별빛 눈망울

121   설익은 밥

122   출렁다리

123   석양빛 그림자

124   능소화

126   평론 | 삶의 서정과 성찰 그리고 윤리적 자세

            김병호, 시인·협성대 문예창작학과 교수

제1부

귀뚜라미 울듯

그림 · 장율리

까치 소리

새해 첫날 아침
우리 집 아래아래 층 202호에
세 들어 사는 새댁의 전화
화장실이 막혔다고 울상이다

급히 수동압축기 꺼내줬더니
조금 후에 보내온 문자 메시지
"아! 행복합니다. 물이 쑥 내려갑니다.
기구는 잘 씻어 현관 앞에 두었습니다.
정말 감사하고 행복합니다!"

막힌 것 뻥 뚫리는 새해 아침
작은 일에도 행복해하는 마음 보이는 듯
까치 우짖는 소리 경쾌하다

모여서 피는 꽃

혼자 피는 꽃보다
모여서 피는 꽃이 더 아름답다

밥도 혼밥보다
여럿이 모여 먹으면 더 맛있듯

혼자 사는 선남선녀
짝지어 살면 얼마나 보기 좋을까

그대 얼굴에 피는 웃음꽃은
딴은 혼자 피어도 예쁘다

예쁘다는 것, 아름답다는 것
실은
마음의 눈에서 우러나는 것

초저녁 아기별
-양이현에게

해 질 녘 집 밖 골목길에
젊은 엄마 품에 안긴
얼굴빛 뽀오얀 아기별

아, 어디서 왔나
보석같이 빛나는 두 눈이
나를 붙들고 놓질 않네

눈짓하며 한발 다가서자
엄마 젖가슴에 얼굴 묻곤
다시 고개 들어 나를 비추네

햇살에 반짝이는 이슬방울같이
마음의 창 환히 밝아올 줄이야

저문 골목길에 내린 아기별
놓치지 않으려고 손짓하며
뒷걸음쳐, 가다 서다 하네

마음의 남은 땅

집 한 채 얹은 땅 말고는
나 남은 땅 한 평 없네

어릴 적
넓은 마당, 텃밭 딸린 시골집
눈 감으면 다가오고
부르면 물러서네

좁장한 내 마음
그나마 쓴 뿌리 얽히고 설켜
빈 이랑 하나 보이지 않는구나

무슨 말 들어도 곱게 받고
그러려니 모르는 척 눈 감으면
시골집 그 큰 마당, 넓은 텃밭
내 안에 생겨나지 않을까

빈 둥지

앙상한 나목 꼭대기 언저리에
까치집 하나 검은 달처럼 떠 있다
빈 둥지,
생명의 온기 사라진 지 오래인 듯
설한풍 울어대는 마른 가지에서
언제 떨어질까 위태롭기만 한데
강변 나는 새들 눈길 한 번 주지 않고
무심히 스쳐 간다

내 잔뼈 자란 득량만 해변 시골집
부모님 뒷산으로 가시고 형수님마저
안방 비우신 뒤 마당도 텃밭도
잡풀 더미 무성한 빈집이 되었다
머지않아 기둥뿌리 지쳐 내려앉고
서까래 드러누운 폐허에서
소꿉놀이 시절 조개껍질 파편이나
더듬어볼 수 있을까

까치집 너머 떠오르는 텅 빈 초가
오늘따라 나의 심사 허전하게 하지만
머릿속 해마에 터 잡은 옛집, 처마 밑
남폿불이 갯바람에 연신 흔들거리며
손짓하고 있다

낮달

빛도 아닌 것이
그림자도 아닌 것이
긴긴 여름날 오후
낮잠 자다 깬 소녀같이
창백한 얼굴로
하늘마당 한 켠에
수줍은 듯
비켜 서 있네

혼자 피는 접시꽃

어머니 저 산 너머 가셨다고
아주 가신 건 아닐 터

시골집 마당가에
어머니 닮은 하얀 접시꽃
주인 없는 안방 지켜보며
여름 한철 피고 지는 한

어머니 저 산 너머 가셨다고
아주 가신 건 아닐 터

그리운 것은 저 산 너머에

아내 키워낸 별빛 환한 산골 마을
눈빛 순한 사람들 앵두처럼 모여 살고

또래 소녀들 아무렇지도 않게
옷 벗어 던지고 멱 감던 시냇물
지금도 은물결 반짝이며 흘러가리

봄을 낚는 강태공들 머리에
꽃비가 무리 지어 내릴 때쯤
나의 소녀는
고추 모종하던 호미 강물에 씻으며
장에 가신 엄마 하루해 저물도록 기다렸으리

그 소녀
지금은 머리채 흔들며 내 곁에서
홍수로 저수지 둑 터지던 밤
온 식구가 떠내려가는 지붕 타고

살아났다는 얘기 전설처럼 되풀이하네

애틋한 시절 그리운 것들은 다
별빛 쏟아지는 저 산 너머에 산다

설거지하는 남자

아내가 무릎 다쳐 목발 짚자
설거지 느닷없이 내 몫이 되었다

처음엔 서툴고 어색했지만
차츰 손놀림 빨라지고 거듭할수록
손발 길어져 마음에 긴 강이 흘렀다
수박 맛 뒤끝은 덤이라 할까

남자들이여,
가끔은 지친 아내 자리에 가서
앞치마 두르고 설거지를 하라
아내들 마침내 뒤집어지리라

집 밖에서도
궂은일 뒤치다꺼리 잘하는 친구는
뒤뜰에 호젓이 피고 지는 백합
그 머무는 자리 늘 향기롭듯

설거지하는 남자의 뒷모습은

얼마나 미쁘고 다정해 보이는가

귀뚜라미 울듯

방금 코끝에 걸치고
책 읽던 안경
어디다 벗어두었나
이 방 저 방 찾고 다닌다

안경 없이
안경 못 찾는 게
지금 나의 문제

가을밤 섬돌 밑에서
귀뚜라미 애타게 짝 찾아
우는 것 같이

안경도 혼자 미아 되면
뚜루뚜루 소리 내
날 불러주면 좋겠다

우산 받쳐준 사람

구름처럼 떠돌다가
비 오는 날엔
으레 비 맞고 다녔지

누군가 다가와
우산 받쳐준 사람
뒷모습 생각나네

우산 없는 사람에게
나 우산 씌워준 적
몇 번이나 있었던가

한평생 받은 봄비 같은 은혜
언제 다 갚고 갈까

발이 손에게

넌 웬 팔자 좋아 팔 끝 차지이고
난 왜 맨날 저 아래 다리 밑인가?

넌 늘 상큼한 스킨로션 바르는데
난 왜 습한 신발 냄새나 맡아야 해?

너나 나나 다 같이 땀 흘리거늘
넌 뽀숭뽀숭한 수건 쓰면서
난 왜 발걸레라도 족한 줄 알라는 거지?

너와 나
사흘만 자리 좀 바꿔보면 안될까?
하늘과 땅 거꾸로 뒤집히면
너 내 입장 헤아릴 수 있을지 몰라

바람도 친구

반지하 작업실 창문 열면
오래 기다렸다는 듯 바람이
우르르 밀고 들어온다

방 한 바퀴 휘이 돌아
책상 앞에 구부린 내게 와서
살갑게 어깨 어루만지다가
슬그머니 목덜미 간질이고...

어린 시절
사립문 밖에 떼로 몰려와
내 이름 불러대던 친구들
어느 바람에 다 흘러갔는가

그 정겨운 얼굴들 잊을까
오늘도 저물기 전 바람이
친구처럼 들러 머물다 가네

좋은 풍경 1

어린아이만 보면
한 컷의 삽화처럼 정겹다

쇼핑몰 트인 통로
눈빛 맑은 쬐그만 여자아이
성큼성큼 걷는 엄마 쫓아가느라
총총 잰걸음이 바쁘다

봄철 시골 들길
어미 꽁무니 한사코 따라붙는
송아지 모습 꼭 그대로다

아이가 멀어질 때까지
보고만 있어도 흐뭇한 풍경
한참 서서 바라보느라
잠시 나를 잊은 늦은 오후

강변 찻집 달달한 대추차 마시며

느긋이 동심에 젖는다

동백꽃

시들지 않는 꽃이 있던가

무지개 쫓던 청보리 시절
너랑 둘이 자주 찾던 오동도
진홍색 선연한 동백꽃
오늘도 그날인 듯 내 눈에
환히 피어 있네

너랑 나랑 우리 둘
거센 파도 넘실대는 다리에서
물세례 비껴가며 함께 걸었는데
시샘 많은 바다 우리 사이 끼어들어
긴 그물을 치고 말았네

지금 너는
누구랑 어느 다리를 건너고 있을까

내 핏줄에 뿌리박고 피어

그리움으로 추억을 짜는

시들지 않는 꽃이여!

아버지의 검정고무신

저세상 가신 백제 무령왕
밤길 다닐 때 신으셨을까
금동 녹여 빚은 큼직한 신발

저 신발 신고 출입하실 때
가로등 없는 저승 골목길
걸음걸음 얼마나 환했을까

검정고무신 닳도록 신다
꿰매 신으시던 울 아버지
발 편한 요즘 운동화 한 번
못 신어보고 훌쩍 가셨는데

백제 임금 금동신발 너머로
울 아버지 검정고무신 한 짝
가물가물 금강 물에 떠내려오네

제2부

늦은 인사

그림 · 장율리

산딸나무 한 그루

초등학교 졸업반 손녀
어느 날 날 보고 한 말이다
"할아버지 얼굴엔 기품이 있어요"

어려서부터 유난히 날 따르고
틈틈이 내 시집 소리 내어 읽기도 하더니
우리 할아버진 시인이라고 자랑하는 아이

그 예쁜 말 한마디
길을 가다가도 문득문득
가슴에 산딸나무꽃을 터뜨린다
아침저녁 거울 앞에 설 때면
고상한 빛 어느 갈피에 숨어 있는지
장님 점자책 짚어 나가듯 얼굴에 팬
주름과 골짝 찬찬히 더듬어본다

살아오면서 내 쏟아낸 말의 씨앗들
숱한 사람 마음밭에 떨어져

꽃나무 되었을까 가시나무 되었을까
두렵기만 한데

남은 계절 이제라도
세상의 뜨락에
순백 꽃송이 출렁이는 산딸나무 한 그루
키워놓고 떠나고 싶다

진짜 보석

불가리* 보석 전시장
나와서 보았네

전시장 안에서
못 본 그 보석

평생 울퉁불퉁 못생긴
무광택 돌멩이 같은 사내
다듬고 털고 닦아서

반짝반짝 빛나게 한
여보석

*로마에 본사를 둔 보석 메이커
2021년 〈예술의 전당〉 전시

봄날도 환한 봄날

공원 벤치에 앉아
환한 봄날 볕에 얼굴을 든다
맑은 공기 가슴 깊이 들이켜고
유리거울 하늘에 눈을 씻는데
까치 한 마리 포물선을 긋는다
동산 한 바퀴 산책로 고즈넉하고
놀이마당 운동기구들 한가롭다
새들 노랫소리 공짜로 듣고
나무들 싱그런 새잎 덤으로 받아도
누군가 다가와 눈치하는 이 없고
스쳐가는 훈풍 헤살 짓지 않는다

봄볕에 녹은 마음 이리 느긋한데
뭘 더 얻겠다고 두리번댈 건가

희망버스 승차권

고속버스터미널 호남선 대합실
흰 마스크에 눈만 빼꼼 드러난 중년 여자
"2만원만 도와주세요" 하며 다가선다

엉겁결에 비켜서며 얽히는 생각들
2천원도 아니고 2만원이라니?
내가 그리 부해 보였을까
그렇다 해도
내 적선기록으론 너무 큰 돈

그런데 만일 그 여자
고향 갈 차비가 없었다면
끼니 며칠 건너뛰었다면
나 커피 댓 잔 안 마시면 되는 돈
어쩜 그녀에겐 절망을 비껴갈
희망버스 승차권 같은 돈일지도 모를 일
그 돈 축난다고 내 인생 축난 것도

아닐 텐데.....

남루한 형색, 까만 눈 잔상이
떴다 졌다 지워지지 않는다
어디서 또 마주치진 않을까

기분 좋은 퇴근길

퇴근길 만원 버스 오르자마자
벌떡 일어나 자리 내주는 청년
괜찮다 해도 한사코 양보하네

앞뒤 좌석 차지한 젊은 남녀
못 들은 척 폰에 고개 박고
애먼 손가락 끝만 바쁘네

산소같이 상큼한 이 선물
주머니에 그대로 넣고 가
손자 손녀한테 팔아야지
너희도 산소통 되라고

여보게 젊은이,
모처럼 큰 대접 받았네 그려
덕분에 서로 흐뭇한 저녁
어딜 가나 복 받을지라!

진면목眞面目

태평한 시절에는
화장품으로 민낯을 가리다가
코로나 시대에는
마스크 한 장으로 얼굴을 가린다

처음 만나는 사람들
명함 한 장으로 면대하고
더 알고 싶다 하면
학력 경력 빼곡한 이력서를 내민다

나는 속으로 우습다
이게 내 진면목 맞아?
나도 잘 모르는 내 참 얼굴.

노숙자

설악산 신흥사 가는 길
넓은 마당에 출가한 돌부처
가릴 것도 덮을 것도 없이
가부좌 틀고 날밤을 새네

향촉 냄새 찌든 대웅전 보좌
오죽 지겨웠으면 잿빛 가사 두른 채
맨발로 이슬 광장에 나셨을까

빌딩 숲 휘황찬란한 대도시
불빛 흐린 지하도 찬 바닥에
박스 덮고 코 고는 노숙자
딴은 속세의 부처 아니런가

줄줄이 내려오는 등산객도
케이블카 내리는 관광객도
내일은 다 놓고 가야 할 노숙자인데

별마당 부처 보고 합장도 않고

저문 산 서둘러 내려가네

늦은 인사

지하철 공짜로 타면서
공사하느라 애쓴 손발들
한 번도 생각 못 했는데

불현듯 지축 부수는 착암기 소리
귓전을 때리고
지하 발판 오르내리며 철골
들어 올리는 헬멧들이 어른댄다

처자식 등에 지고
생명을 저당 잡힌 작업들
못 돌아온 헬멧은 얼마일까

오늘도 무심히 탄 지하철
저 어두운 철길 따라 흐르는
땀방울 핏방울 왜 생각 못 했나

이름 모를 역군들이시여

뒤늦게나마 미안하고 고맙습니다

별꽃

- J에게

별이
하늘에만 피는 건 아니듯
별꽃이
저 산과 들에만 피는 게
아닐 터

지금 당신 곁에
까만 눈망울
반짝반짝 빛내는 이 사람
별꽃인 줄 왜 모를까

등받이의자

내 서재 검정색 등받이의자
오래 자리 비워도 내색한 적 없고
딴 의자에 온종일 앉았다 돌아와도
등 돌리지 않는다

걸핏하면 혼자 삐지고 시샘하고
냄비 끓듯, 항심恒心 없는 세상

밖으로 나돌다 지쳐 돌아오면
담담한 낯빛으로 나를 맞는
듬직한 의자
사위 고요한 중에 불쑥 내 하는 말

"제자리 지키면서 오래 참고
끝까지 기다리는 게 사랑이란다"

우주의 미아

깜깜한 허공에 푸르스름한 점 하나
인공위성 카메라가 보내온 지구 모습
여기 80억의 호모 사피엔스가 살고
그 80억분의 1인 나, 전자현미경으로도
쉬이 찾아내지 못하리

이 행성 무한히 미분하면
겨자씨보다 더 작고 작은 점이 될 터
여기 떠도는 나를 계속 미분하면
나는 눈에 보이지 않는 한낱 먼지에
다름 아니리

거꾸로
이 별 무한히 확대하면 광대무변한 우주라도
이 별 하나 담아내지 못할 터
나 또한 끝없이 적분하면 무한대로 확장하리

이 무한대와 무한소 사이를

오늘도 나는

혼자 중얼대며 떠도는 우주의 미아가

아닐까

북엇국

입맛 꾸리꾸리 할 땐
무교동 뒷골목 북엇국집을
찾는다

씹기 좋게 썬 고깃살과
두부 넣고 끓인 담백한 국물이
지친 속을 풀어준다

살아 퍼덕이는 생태가
용두리 덕장 설한풍에
얼었다 풀렸다 하는 사이

생살에 얼음조각 박힌 채
언 골수 다시 녹아내리면
피눈물 어려 북어가 된다

사람도 천신만고 겪고 나면

남의 속 풀어주는 시원한 맛

속에서 뽀글뽀글 우러나지 않을까

시화호 둑에 서서

바다의 손길은
어머니 손길처럼 부지런하다

굼실대는 파도 짙푸른 물결
쉼 없이 방조제 수문 들며 나며
썩은 호수 천만번 씻고 헹구고
어루만진다

이윽고 소환한 생명들의 환호성
수초 숲을 이루고 물고기 떼 지어
돌아오니 철새무리 호반을 덮었다

세파에 찢겨 문드러진 마음
무엇으로 씻어내 정하게 할까
내 안에 저 바다 하나 들이면
파도소리 갈매기 울음소리
들리려는가

한탄강2

이렇게 한유하고 아늑한 산야가
이렇게 깊고 푸른 슬픔의 강을
속에 감추고 있는 줄 몰랐습니다

그렇게 행복해 보이는 당신 속에
그렇게 슬프디슬픈 한탄강이
흐르고 있는 줄 몰랐습니다.

솔방울 던져주며

설악산 솔숲길 지나가는데
머리에 솔방울 하나 툭 떨어졌네

반가운 마음에 얼른 솔방울 주워서
나무 듬성한 빈터에 던져주었네
거기 가서 청솔 한 세상 풀어놓으라고

나 사는 이 행성
어느 날 우지끈 궤도 벗어나
아득한 우주에 뚝 떨어지면
누가 주워서 어디에다 던져줄까

이 별에 떨어져 나 살아온 것 같이
아득한 우주에서도
저 하늘과 산, 별과 파도 데리고
살 순 없을까

삼척기행2
- 대게의 종생

빙하 둥둥 떠다니는 오호츠크해
얼마나 돌아가고 싶었을까

식탁 가득 갓 쪄낸 대게찜
구석구석 살점 파먹으며
그 바다 자유의 삶을 그려보네

낯선 항구 한 식당에서
한 움큼 껍질만 남겨놓고
자취 없이 마감하는 허무한 생

한 줌 흙으로 돌아가고야 말
나와 그대 뭐 다를 바 있으랴

제3부

황촉불 타는 밤

그림 · 장율리

우남 이승만

6.25 전쟁 난리통에도 학교문을
열게 한 당신
덕분에 나는 늦깎이 초등학생이 되어
누런 흑지 책으로 글을 깨쳤습니다
옥수수죽 때론 노랗게 쪄낸 빵으로
배고픔을 달랬지만
당신이 세운 나라에서 나 자라난 것은
천재일우의 행운이요 축복이었습니다
반장, 어린이회장을 직접투표로 뽑아
자연스럽게 민주주의를 체득게 하고
수요일마다 전교생 제식훈련으로
지휘통솔력을 기르게도 했습니다
거제에서 우리 마을에 온 반공포로와
한 때는 한방을 쓰면서 그의 팔다리에
아물지 않은 총상과 이글거리는 눈에
고이는 눈물을 보았습니다
"뭉치면 살고 헤치면 죽는다"는

당신의 말은 지금도 가슴 뛰게 합니다
공산화의 위기 속에서 자유의 나라를
세우고 붉은 무리의 남침을 물리치신
당신
당신이 계셨기에 오늘 내가 있습니다

더글러스 맥아더

영웅이 그리울 때면
인천 자유공원 당신 만나러 갑니다

팔미도 새벽 바다 함상에 서서
월미도 탈환 기도하는 모습
외롭고 높고 결연합니다

정모에 선글라스 낀 백전노장
입엔 파이프 담배, 목엔 망원경
종군기자 플래시 쉴 틈이 없습니다

태평양 섬들 은빛 모래톱에
선명하게 찍힌 당신의 발자국들
파도도 기억하고 비켜갑니다

마침내 한국전쟁, 천운의 상륙작전
서울이 자유민의 품에 다시 안기던 날

당신은 이 땅에 우뚝 섰습니다

유독 영웅이 보고픈 오늘
자유공원 당신께로 갑니다

셔우드 홀Shewood Hall*

조선사람보다 조선 사람을
더 사랑했던 외방 선교사

평양에서 해주에서 서울에서
병자, 약자, 가난한 자들
손잡아 일으켜준 의사

병원 짓고 학교 열고 교회 세우고
크리스마스실 판 게 죄였을까

해방 다섯 해 앞두고 쫓겨나
인도 땅 가서 마지막 사역하며
홀 일가 조선사람 조선 사랑
발자취 남겨놓고 간 참 조선인

*1893-1991, 서울에서 나서 양화진에 묻힌 캐나다 국적 폐결핵
전문의료 선교사

박상득朴商得 선생님

초등 4학년 나의 담임 선생님
중학교 진학길 열어주셨다
한평생 교직에 바치시고 은퇴,
낙향 후 사모님 앞서 보내시곤
외로운 말년
낯선 요양원에서 임종하셨다
제자 쪽편지 손에 꼬옥 쥐시고

권정생權正生

예배당 새벽종 소리로
가난한 아이들 가슴에
민들레 꽃씨 뿌리는
종지기 아저씨

강아지 똥처럼 굴러다니며
강아지똥 벗 삼아 살다
몽실언니 떠돌이 삶 그려낸
동화 작가

세상 떠났어도
추운 사람들 마음에
따사로운 모닥불로 타는
성자聖者

김우준 선생님*

고3 후학기 끝날 무렵
한천공장 실습 나가 밤을 샜다
나무통 속 희멀건 우무덩이가
아무 마련없는 내 앞길인 듯
흐린 불빛 아래 암울해 보일 때

"봄아,
너 요즘 우울해 보이는구나
그냥 웃어 봐
그럼 웃어지더라고
나도 그런 때 있었어"

60년 세월 저편 길모퉁이에서
혼자되신 선생님
환하게 웃으며 다가오신다

*고2, 3 담임 선생님

피나 바우쉬*

여관집 재주 많은 소녀
검은 동백꽃 한 송이

한평생 춤사위 속에서
생각하고 말하고 소통했네

기쁨과 슬픔 분노와 절규
격하고, 고요한 몸짓들

온몸으로 허공에 쓴 자유의 시
거침없이 전통의 벽을 허물고

신나게 피나게 솟고 구르다
갈채 속에 뚝 떨어진

검은 동백꽃 한 송이

*독일 출신 세계적인 무용가/안무가 1940-2009)

하피첩霞帔牒*

머나먼 강진 땅 귀양살이
아내가 보내온 혼인날 치마
겹겹이 접은 자락 이불 삼고
설한풍 견딘 밤 얼마였을까

불현듯 어린 자식들 걱정에
치맛자락 오려 써 붙인 글귀
사랑도 정성도 지극하여라

난리통에 잃어버렸던 이 보물
한사코 보러온 사람들 얼굴에
저녁놀 붉은 빛 환히 비추네

*다산이 유배지로 부쳐온 부인의 치맛자락을 잘라 자녀교육을
위해 엮어 보낸 편지책(보물 1683호).

조선의 어부
- '변월룡*전'을 보고

변월룡, Pen Varlen
누구시기에 당신의 그림
우리 가슴 뛰게 합니까

레핀예술학교 빛낸 졸업 작품
조선의 바다 갯내음 나는 포구
어부들 콧노래 소리 들려옵니다

철의 장막 슬픈 땅의 사람들
레닌, 파스테르나크의 초상과
최승희의 춤사위 처음 봅니다

어머니와 스승 연해주의 소나무들
당신도 고향의 그리움 어찌할 수
없었나요

동양의 렘브란트 자랑스런 고려인

시베리아 철길에 뿌린 그림 얘기

오늘 우리 가슴 뛰게 합니다

*1916-1990 연해주 태생 고려인 화가

쌍뻬떼스버그 레핀예술학교/천재화가

북한 현대미술학교 창설/교장 역임

황촉불 타는 밤

어머니 같은 형수님
성탄절 전전날 하늘로 가셨다

빈소에 들어서자
생시인 듯 나를 맞는 얼굴
활짝 웃으며 영정 밖으로
뛰쳐나올 것 같다

갓 분가한 시집살림 메꾸느라,
친정집 가서 쌀 서 말 얻어
나랑 둘이 이고 지고 돌아오던 밤
달빛은 왜 그리 환했을까

재작년 여름
치매요양원 근처 식당에서
식사는 안 하고 내 얼굴 마주 보며
"묘하다 묘하다" 아리숭한 말만 하더니

어찌 이리 황망히 떠나실까

그 달빛 내 가는 길 비추고 있는 한
그 먹먹한 말 빈 가슴 적시고 있는 한
나 형수님 떠나보내지 못하리
빈소엔 황촉불만 방울방울 눈물짓네

때늦은 부탁

벗이여,
기어이 혼자 가고 마는가
고교졸업 40주년 기념 사은회에
자네 빈자리가 내 가슴을 치네

학창시절 자네와 난 닮은 꼴
가난하고 외롭고 머리 좋고
공부하면 1등이요 웃기기 잘 하고
순간의 재치까지 겸한 자네 앞날
누가 봐도 봄이 오고 있었는데

할머니 눈물 먹고 자란 탓이었을까
웃는 얼굴 껌벅이는 큰 눈망울
속눈썹 아래 감춘 그늘 짙었지

왜 무엇이 자넬 갯냄새 나는 항구
통조림공장으로 내몰았던가

세월 가도 그 언저리 벗어나질 못하고

고졸 차별받고 돈 없어 무시당할 때
속에 숨긴 자존감 얼마나 상했을까
아내 가출한 세상 술로 엎으려 했던가

어느 회사 통관용역 주선해 달라던 부탁
나 몰라라 했을 때 맘 얼마나 상했던가
나도 한몫했네 그려 자네 간 그 길에

벗이여,
부디 용서해다오

'기쁨방앗간' 주인
– 다인이에게

봄기운이 언 땅을 깨우는
생명의 달 삼월 여섯째 날
우리 딸이 딸을 낳았다
드디어 내가 할아버지 된 날

아이가 외갓집 오는 날엔
우리 집은 온통 요란한 무대
바이올린 피아노 색소폰 연주에
마지막엔 춤사위, 배꼽 쥐게 한다

올 추석 연휴 길기도 한데
캐나다 연수중인 재주꾼 탤런트
이래저래 더 보고 싶다

외할아버지 곁에 오면
연신 재잘대는 예쁜 눈 참새
어디서나 지친 영혼들에게
'기쁨방앗간' 주인 되려무나

경회루慶會樓

물속에 우뚝 선 단아한 누각
오백 년 왕조 고궁의 품격인가
관광객들 셔터 소리 끊이지 않고

흰 구름 머물러 쉬는 연못엔
상서로운 북악산이 내려와
주인인 양 느긋이 자리 지키네

나랏글 만들어 선포하신 임금
문무백관 불러 잔치하던 밤
청사초롱에 풍악 소리 들리는 듯

새 공화국 70여 년 겨레 염원
남북 하나 되는 날 내일인가
대청마루 꽃등에 노을이 타네

백령도白翎島

따오기 흰 날개 빛나는 섬
서해바다 뱃길 따라 5백 리
안개 헤치고 이제야 왔네

바다 건너 북녘땅 헐벗은 산하
손 흔들어도 답하는 이 없고
공중 나는 새들 부럽기만 하네

천안함 46용사 동판 얼굴들
저녁놀 물들어 붉게 빛나고
충혼은 불꽃 되어 타오르네

형제바위 코끼리바위 장군바위
두무진 기암괴석 절벽마다
가마우지 똥 흰 요새가 되었네

초소의 병사 새 아침 기다리는데

평화통일 기원하는 새벽송인가

백사장 갈매기 떼 합창을 하네

아산 정주영

인왕산 자락 거처 빈소 문상 갔더니
안방엔 13인치 낡은 흑백텔레비전
스크린 꺼져 있고
토방 뜰엔 뒷굽 뭉개진 구두 한 켤레
막연히 주인 기다리고 있었네

매일 잰걸음으로
계동 사옥 오가며 신던 저 구두가
한평생 무에서 유를 만들어내고
불가능을 가능으로 바꾼 동력이었던가

태국 고속도로에, 사우디 항만에
울산항 모래밭에, 서산만 갯벌에
큼지막한 발자국 무수히 찍혔구나

소떼 싣고 판문점 넘어가던
그 트럭 행렬 다시는 볼 수 없어도

그의 목소리 아직도 귀에 쟁쟁하네

"당신 해봤어? 해봤냐고?"
정신 바짝 들게 하는 말씀
오늘도 자문하며 집을 나서네

제4부

죽음을 넘어서는 순간

그림 · 장율리

가장 진실한 증인

내가
가끔 거짓말 좀 했더라도
때때로 화를 좀 냈더라도
나
그렇게 나쁜 인간 아닌 걸
당신은 알고 있소

내가
그래도 정직하게 살아 보려고
어쨌든 성내지 않으려고 애쓴 것도
당신은 알고 있소

죄는
양이 아니라 유무의 문제라며
날마다 내 속 빤히 꿰뚫어 보고
날 옴짝달싹 못하게 하는 당신

당신은

세상에서 날 가장 잘 아는 사람

가장 무서운 심판관

가장 진실한 증인

헌혈

종려주일 교회 앞마당
헌혈차 침상에 누워
팔을 걷고 피를 뽑는다

누가 이 피를 받을까
생면부지의 그와 나, 피로 맺어진 사이
이보다 진실한 생의 연대가 있을까

피를 준다는 건 생명을 나누는 일
친구 위해 목숨을 버리면
이보다 더 큰 사랑이 없다 하는데

내 평생 누구를 위해
피 한 방울 흘린 적 있었던가
오늘 이 헌혈 바로 그 일이라면
나 이다음 또 기꺼이 팔 걷으리

미지의 혈연이여,

성전 미문 앉은뱅이 벌떡 일어서듯

부디 자리 털고 일어서소서!

누가 인정해 준다는 것
- 두봉주교를 생각하며

누가 나를 알아주었을 땐
해가 져도 가슴이 뜨거웠다

내가 나를 알아주었을 땐
마음에 등불이 켜졌다

한평생 이국땅에서
양들 돌보며 살아온 두봉주교
기름진 것 못 먹고
힘쓰는 자리 앉지 못했어도
그분께선 분명 알아주시리니
가슴 뜨겁고 마음 등불 환하리

거저 주는 사랑

빈손 쥐고 와서
빈손 털고 가는 생
남을 건 무언가

재물은 바람 같고
권력은 구름 같고
명예는 이슬 같은 것

거저 주는 사랑
그거만 남아요
받은 사람 해마에
산처럼 바다처럼
오래오래 남아요

기다림

사랑하는 사람은 기다립니다
천 일도 하루같이
설렘 중에 오래 기다립니다

꿈꾸는 사람은 기다립니다
꿈은 반드시 이루어진다고
고난 중에 참고 기다립니다

믿는 사람은 기다립니다
보이지 않는 것을 바라보고
소망 중에 길이 기다립니다

나는 오늘도
기다림으로 눈을 뜹니다
끝내 기다림으로 끝나 버리는
기다림이 아니기를 기다리며

주변정리

2박3일 동해안 여행 앞두고
마음 한가운데 흰 파도가 인다

출렁이는 가슴 다독이며
집 안 구석구석 청소기로 훑고
대자루 물걸레질 하고 나니
뼛속까지 개운하다

샤워하다 문득 들리는 말씀
"더 먼 나라 여행 코앞인데
주변정리 언제 하려나?"

평생 못 갚은 빚 어찌할까
대답 막혀 우물쭈물하는데
점심준비 다 됐다고 아내가
욕실 문짝을 두드린다

카푸치노 인생

내 인생 3분의 2
거품 속을 헤매고 다녔네

종착역 가는 길
종이컵 바닥에 남은
쌉쓸한 엑기스 한 모금

마저 마시고 가려는데
바람결에 들리는 음성
길이 아직도 한참인데
한잔 더 하고 오라네

운주사雲住寺에서

너무 일찍 깨득하셨나보오
가진 것보다 안 가진 것이
앉는 것보다 눕는 것이
더 편하다는 걸

와불님들이시여
그렇다고 수행마저 잊었소
새벽닭 우는 소리
산촌 가득 출렁이는데
목탁 소린 언제 듣겠소

에미가 죄인이로소이다
- 자살폭탄범 어머니의 기도

주여,
이 에미를 당신의 법정에
소환하소서
제가 그를 낳았나이다

이 계집종을 데려가소서
제가 그를 키웠나이다

주여,
서른여섯 무고한 영혼들을
당신의 낙원에 있게 하소서
제가 그들을 죽였나이다

그 가족의 망연한 눈물을
당신의 손으로 닦아 주소서
제가 그들로 통곡게 하였나이다

그러나 주여,
못난 아들 못된 아들 맞습니다
그래도 한 번만 불쌍히 여기소서
제가 그의 에미나이다

에미가 죄인, 에미가 죄인.....
에미가 죄인이로소이다

탈라야, 울지 마라

아침식탁 기도 중에 아내가
울먹인다
우리 교회 출신 李 선교사가
이국땅에서 코로나 고비 못 넘고
어젯밤 숨 거뒀다고

항상 웃는 얼굴로 사람 대하더니
케냐 오지 탈라로 결연히 떠나간
늦깎이 부부 선교사

피부색 까만 아이들 깡마른 얼굴
뼈만 남은 가슴 어루만져주던 손
어찌 거두고 가셨을까

지난해 귀국했을 때
'나중에 돕자' 했는데 그 나중 영영
돌아오지 않는 나중 될 줄이야.....

탈라야, 울지 마라
너의 슬픔 그가 다 지고 갔을 터
그가 심어놓은 어린 생명나무들
주의 남은 자들이 끝내 돌보리니
울지 마라 탈라여!

지게차

인적 뜸한 골목길 한쪽에
지게차가 두 팔 내려놓고
편히 쉬고 있네

공사장이며 물류창고에서
가슴 한가득 짐 싣고
종일 붕붕대며 바쁜 상머슴
오늘은 모처럼 비번인 듯

내 마음속 무거운 바윗덩이
저 지게차에 맡겨버릴 순 없을까
다가가 부탁하고 싶은데

'무거운 짐 진 자들아
다 내게로 오라' 세미한 음성에
노을 진 하늘 향해 고개를 드네

백두산 천지

당신께서
다시 오시는 날
흰옷 입은 백성들 발 씻어 주려고
저리 큰 바위 항아리에
정淨한 물 남실남실
미리 채워두셨군요

길상사吉祥寺에서

삼각산 붉게 물들인 가을이
뜨락에 뚝뚝 지고 있었네

산비탈 숲에 들어선 별채들
동안거중 적막강산인데

한때 장안의 소문난 밥집
반주잔 주고받던 숱한 손님들
계곡물 따라 어디로 흘러갔나

자야* 길상화* 공덕비에
백석이 찾아와 응앙응앙
흰 당나귀 울음소리 내는데

자야
백석 따라 북행길 나섰더라면
둘이서 오순도순 행복했을까

만나고 헤어지는 것이
누구의 주재인가 생각하는데
단풍잎 하나 머리에 뚝 떨어지네

*자야子夜: 白石이 지어준 연인 金英韓의 雅號
*길상화吉祥華: 法頂스님이 지은 김영한의 佛名

죽음을 넘어서는 순간
-모멘토 모리

들녘에 청보리 물결치는 4월
초등학교 3학년 꿈 많은 소년은
굴렁쇠 굴리며 놀다 갑자기
병약한 엄마 기침 소리에 놀라
집으로 달려가서
툇마루에 걸터앉아 봄볕 쬐는 엄마
품에 덥석 안기며 말했다

"엄마 죽지 마 죽으면 나 못 살아
나 혼자 남겨놓고 절대 가지 마"

"그래그래 내 새끼 나 안 간다
너를 두고 어찌 가나 염려 마라
난 평생 너랑 같이 있을 거야"

그 순간
소년은 엄마를 더 힘껏 껴안았다

엄마와 헤어지지 않을 것 같았다

그때 소년은 동화책 그림에서 본

검푸른 밤물결 춤추는 죽음의 바다를

건너뛰고 있었다

수족관의 물고기

일식집 유리문 앞 수족관에
갇혀 있는 감성돔 댓 마리
살아 있지만 산 것일까

등지느러미 깃발 세우고
거침없이 유영하던 바다
얼마나 그리울까

며칠 전 찾아간 붉은 벽돌집
면회 마치고 돌아서는 친구
어깨 처진 뒷모습 차마 볼 수 없어
먼 산만 한참 서서 보고 왔네

어쩜 옛날 사또 앞에서 곤장
몇 대 맞고 풀려나던 시절이
더 인간적이지 않았을까

내가 나라 임금이라면
손발 묶여 옥에 갇힌 사람들
물고기 방생하듯 죄다 풀겠네
아, 자유인의 저 발걸음 소리여!

거미줄

지나온 길 어둔 구석 여기저기
얽히고설킨 거미줄
용케도 비껴 여기까지 왔네

오늘도
거미줄에 말려 몸부림치는 곤충들
그들과 나 실상 무엇이 다른가
운 좋게 걸려들지 않았을 뿐

그물코 촘촘한 세상의 거미줄
다 빠져나왔다고
생의 최후 심판의 거미줄까지
나 통과할 수 있을까

초가지붕 처마 밑
거미줄에 칭칭 감겨 푸닥거리는
저 고추잠자리 내가 아니기를

제5부

출렁다리

그림 · 장율리

비 오는 저녁은

비 오는 저녁은
너 혼자만 외롭나
전화 한 통 없고
바보같이

그 찻집 따끈한 대추차
너랑 둘이서 나누고 싶은데
우산 없어 못 오나

비 오는 저녁은
귀마저 먹었나
창문 두드리는 저 빗소리
내 목소린 줄도 모르고
바보같이

비 오는 이 저녁
나만 혼자 외롭나

너 그리는 마음의 창

방울방울 빗물만 흐르고

해 질 무렵

대청마루 바람문 열어놓고
꿀잠 자다 선뜻 깨어 보면
울 밑에 봉숭아가 낯설어 보였다

해그림자 마당 끝에 누웠는데
먼 길 가신 엄마 언제 오시나
집에 있어도 집 떠나온 것 같은
외로움

이슬 맺힌 소녀의 눈망울에
저녁놀 발갛게 번지고 있었다

가을비 2

가을의 눈물인가
사흘 내리 뜰을 적시는 빗방울
마음에 낸 창이 흐리다

아내와 마주 앉은 강변 카페
우리 부부연 맺게 해준 귀한 분 뵐 겸
남도 한 바퀴 돌고 오자고
커피잔 들어 부딪치곤

휴대폰 켜 전화를 거니
낯선 젊은이의 목소리
혹시나 하며 아버지 안부 물었더니
4년 전 강 건너가셨단다

한 대 얻어맞은 먹먹한 가슴
휑한 찻집 통유리창을 타고
빗방울 연신 흘러내린다

목련

사철 흰 무명옷 입은

울 어머니 가신 봄날

잊지 말라고

올봄에도

이리 서둘러

소복단장하고

대문 밖에 와

서 있느냐

생활의 발견

계절 바뀔 때마다 찾는
약수동 뒷골목 허름한 지하
비좁은 저가 의류매장

바지 한 벌에 딱 3만 원
칫수 맞춰 고쳐주는 집
어느새 단골이 되었다

조명 빛 밝은 백화점 바지들
비싼 만큼 뭐가 다르던가
브랜드 떼면 그게 그거 아니던가

싼 게 비지떡이라지만
삶의 뒷골목 잘 살펴보면
더러 찹쌀떡도 있더라고
잡풀 밭에 들꽃 숨어 피듯이

흥부네 새해 아침

안방 침대에 걸터앉아
텔레비전 송년 프로 보는데
침대 다리 하나 우지직 주저앉는다

이걸 버려야 하나 말아야 하나
20년을 같이 살아온 침대
다리 하나 나갔다고 버리자니
조강지처 버림같이 짠하고 아깝다

두꺼운 책들로 벽돌 쌓아
의족 하나 붙여놓고 보니
제비 다리 고쳐준 흥부 생각난다

한쪽 다리 부실하긴 나도 마찬가지
서로 어깨 주며 갈 데까지 가보자
혼잣말하며 자리에 눕는다

새해 아침 아내의 첫 마디

"장씨 흥부님, 박씨 꿈은 꾸었나요?"

시래기 국밥

남부터미널 시래기 국밥집
지방 나들이 오가며
꼭 찾는 단골이 되었다

5천 원 내면 백 원 빼주니
푹 삶은 시래깃국 맛에
싼값이 감칠맛을 더한다

6.25 전쟁통 배고픈 날들
빈 밭 무, 배추 시래기 거둬
소금물에 끓여 먹던 시절이 있었다

지금은
사람들 발길 끄는 웰빙 먹거리
그 담백한 맛 즐기는 긴 줄에
나도 끼어 차례를 기다린다

새 그릇 새 마음

장식장에 오래 묵혀둔 그릇들
생각 바뀐 아내 덕분에
올봄부터 맘 놓고 헐어 쓴다

새 옷 입을 때 어깨 펴지듯
윤기 나는 그릇 식탁에 오르면
대접받은 듯 가슴 뿌듯하다

세월의 이끼 낀다고 골동품 되랴
새 그릇에 담겨 나오는 행복
하루라도 더 일찍 당겨 누릴 걸

아내여,
오늘 밤 식탁엔 촛불을 켜두고
새 잔에 새 마음 부어 마시자

신발을 보며

비에 질척거리는 흙길도
마다하지 않고 따라나섰다

현관 밖에 벗어 놓았지만
도망가지 않고

낡아 쓰레기통에 내다 버렸지만
서운해 하는 낯빛 보이지 않는다

새로 사 온 신발 굽어보며
한평생 군말 없이 순종하고
바닥 닳도록 충성하는 헌신
맘속으로 되뇌며 집을 나선다

추억 줍기

추수 끝나 한적한 들녘
가을볕 아늑히 따사롭다
이때쯤 이삭 줍던 아낙네들
옛 풍경이 되었네

트랙터가 싹 쓸고 간 자리
먼 길 찾아온 철새무리와
가난한 사람 배려하던 농심
다 어디로 갔는가

밀레의 '이삭줍기'
초등 미술책에서 처음 본 그림
이 가을 왜 더 그립게 다가올까

서릿발 서기 전 시골집 내려가
이삭 아닌 추억이라도 줍고 싶은데
빈집 늘어가는 을씨년스런 고향
막걸리잔 주고받을 동무가 없네

소녀상 앞에서

치마저고리 차려입고
단발머리 곱게 빗어 넘긴
단정한 모습 앳된 순이야
바람도 찬데 맨발로 네가 왜
이 거리 나무 걸상에 앉아 있느냐

어릴 적
우리 집 마당 감나무 아래서
조개껍질에 감꽃 가득 담아
소꿉놀이하던 너와 나

같은 해 초등학교 졸업하고선
여태껏 서로 보지 못했구나
공부 잘 하고 얼굴 예쁜 너
먼 광산촌으로 시집갔다지
남들처럼 상급학교 다녔더라면
큰길에 당당하고 선한 발자취

남겼을 텐데.....

폐광촌 지날 때마다
네 소식 들을까 귀를 세웠지
바람 찬 오늘따라 왜 네 이름 한 번
다정하게 불러 보고 싶을까
순이야 내 동무 순이야!

별빛 눈망울

나 있잖아
집에 반려견 하나 들였어
'슈나우저'야 이름은 '또또'

불 꺼진 집 현관문 열면
꼬리치며 달려드는 녀석
얼마나 살가운지 몰라

잠자리 들 때까지
발꿈치 따라다니며 손짓 눈짓
낱낱이 쳐다보는 별빛 눈망울
그렇게 이쁜 게 또 있을까

너 외롭다지?
처음 사랑 변치 않는 강아지
동무 삼아 보렴
정 떠난 바지씨보다 훨 낫단다

설익은 밥

집안 좋고 돈 많으면 뭐 해
혼자 잘난 체, 남 무시하는
맛대가리 없는 그 친구

겉은 그럴싸해도
실상은 뜸 덜 든 밥
씹어봐야 설익은 줄 알까
냄새만으로도 아는 걸

출렁다리

우리 부부

발만 떼면 출렁출렁 흔들거려도

이날까지 이음줄 놓치지 않고

뒤뚱뒤뚱 한 세상 건너가고 있습니다

강마을에 노오란 무꽃이 한창입니다

석양빛 그림자

두견새 한 마리
앞동산 숲길 헤치고
홀연히 날아가 버렸습니다

지름길 무질러 쫓아갔지만
사방에서 두견새 우는 소리
귓전을 때렸습니다

그 뜨겁던 여름
고시 공부방 외로운 뜨락
우물가에 찾아와 한나절씩
머물러 놀고 가던 두견새

어디로 갔나
헤매다 돌아온 쓸쓸한 저녁
빈방엔 석양빛 그림자만
출렁이고 있었습니다

능소화

아침 산책길
골목집 담장 능소화 앞에
나도 모르게 발이 멈추네

젊은 날 낯선 도시에서
우연히 마주친 초등학교 동창 순이
능소화 빛 블라우스 화사한 차림에
초라한 내 형색 부끄러워
엉겁결에 도망치듯 헤어졌는데

그 이쁜 순이
먼 젊음의 뒤안길 돌아와
오늘 다시 내 앞에 나타났는가
능소화 꽃빛에 어리는 환한 얼굴
이제야 꿈인 듯 보고 또 보네

머지않아 찬 서리

이 꽃 데리고 훌쩍 떠나면

허전한 골목길 나는

무슨 낙엽으로 헤매어 다닐까

평설

|

삶의 서정과 성찰 그리고 윤리적 자세

(김병호, 시인·협성대 문예창작학과 교수)

장춘의 시는 생활 리듬과 방향성 그리고 정체성을 부여하는 시적 일상을 발견해내는 과정에서 감각된다. 시인이 살아오면서 경험한 내부의 실존적 생활 감각에 의해 이 일상들은, 시적 의미로 수정되고 보충되면서 허구의 더께를 벗겨낸 진정성과 감동을 지닌다. 지긋한 연륜의 시인은 자기 일상의 풍경들을 통해 자기 일생의 삶을 한데 아우른다. 자기 경험과 성찰을 시행에 풍요롭게 펼쳐놓지만 그렇다고 대가연(大家然)하는 여타의 시인들처럼 타자를 향한 삶에 적극 개입하진 않는다. 그저 스스로를 돌아보고 스스로를 가다듬을 뿐이다. 그래서 그의 시를 읽는 사람은 시인의 호흡을 따라가면서 평안하고 고요해진다. 이것이 장춘 시의 마력이라고 할 만하다. 그는 우리 삶의 어느 갈피에 숨겨져 있는 소소한 행복과 울적한 낭만을 기억과 회한의 서사와 감각으로 부조해내는 능력이 탁월한 시인이기 때문이다.

시집 『출렁다리』에 대한 나침반은 시집 앞머리에 놓인 「시인의 말」이다. 시인은 기꺼이 친절한 안내자가 되어, 시집에 대한 주제와 시인으로서의 바람을 진술하고 압축적으로 적어내고 있다. 무엇보다 "어느 한 편의 시, 한 구절이라도 읽는 이에게 감동을 주고 위로가 된다면 더 바랄 게 없겠다"는 시인의 소망은, 소박하며 간절하고 아름답다. 시를 대하는 그의 진지한 모습은 시집 전체에서 드러나는 윤리적 태도와 관계되며, 시를 존재의 풍요와 개방으로 지혜롭게 전유하는 새로운 통로를 마련해 준다. 평범하고 흐릿한 세상에서 성(聖)과 속(俗)을 넘나들며 슬픔과 구원을 싹 틔울 줄 아는 시인이다. 시인으로서의 예민한 감각을 빌려 삶의 서정과 성찰의 감각에 시적 윤리를 녹여내는 기법은 진흙 속의 진주처럼 시인으로서의 재기才氣를 더 이상 감출 수 없게 만든다.

자신의 표현과 삶에 대한 성찰, 대상에의 차이성보다는 동일성에 근거한 본원적 서정을 바탕으로 하고 있는 시집 『출렁다리』는 섣부르게 삶을 해석하기보다는 영혼을 울렁이는 편에 가깝다고 할 수 있다. 시적 장면을 발견하고 때로는 건축하고 내파하는 자기 통찰의 지혜가 시집 곳곳에 놓여있기 때문이다. 읽는 이에 따라 다르겠지만, 이 시집에서 딱 한 편의 시를 고르라 한다면 필자는 망설임 없이 「산딸나무 한 그루」를 고르겠다. 이 시에는 시인이 그간 살아온 삶의 자세와 가치, 그리고 앞으로 살아가며 다듬을 태도를 진솔하게 그려내고 있다.

초등학교 졸업반 손녀
어느 날 날 보고 한 말이다
"할아버지 얼굴엔 기품이 있어요"

어려서부터 유난히 날 따르고
틈틈이 내 시집 소리내어 읽기도 하더니
우리 할아버진 시인이라고 자랑하는 아이

그 예쁜 말 한마디
길을 가다가도 문득문득

가슴에 산딸나무꽃을 터뜨린다
아침저녁 거울 앞에 설 때면
고상한 빛 어느 갈피에 숨어 있는지
장님 점자책 짚어 나가듯 얼굴에 팬
주름과 골짝 찬찬히 더듬어본다

살아오면서 내 쏟아낸 말의 씨앗들
숱한 사람 마음밭에 떨어져
꽃나무 되었을까 가시나무 되었을까
두렵기만 한데

남아 있는 계절 이제라도
세상의 뜨락에
순백 꽃송이 출렁이는 산딸나무 한 그루
키워놓고 떠나고 싶다
― 「산딸나무 한 그루」 전문

많은 사람이 알고 있듯, 산딸나무는 늦봄에서 초여름
으로 넘어가는 사이에 바람개비 모양의 하얀 꽃을 피운
다. 넉 장의 꽃잎이 십자가를 닮기도 했고, 예수님이 십
자가에 못 박혀 돌아가실 때 이 나무로 십자가를 만들었
다는 전설이 있어, 기독교인들은 특히 이 나무를 성스러

운 나무로 여긴다. 게다가 가을에는 새빨간 딸기 모양의 열매를 맺어 새들의 좋은 먹잇감이 되기도 한다. 시인이 종교적으로나 사회적으로 희원希願하는 근본적 삶의 모습이 바로 산딸나무의 삶이다.

어린 손녀로부터 "할아버지 얼굴엔 기품이 있어요"라는 말을 들을 정도라면 가히 성공적인 인생이 아니었을까. 손녀의 이 한 마디는 화자를, 자기 삶에 지극히 충실했던 사람임을 증언해 준다. 나이가 들면 그간 살아온 세월이 쌓여 한 사람의 인상을 만들어내듯 "우리 할아버진 시인이라고 자랑하는 아이"가 화자에 대해 가지고 있는 존경과 자랑의 마음은 그저 어린 손녀의 것만은 아닐 것이다.

화자는 세상을 향한 연민과 감응의 토로로 스산한 풍경을 감싸지 않는다. "꽃나무 되었을까 가시나무 되었을까/ 두렵기만" 하다는 고백으로 가장 범속하되 가장 지혜로운 순응을 보여준다. 사람에서 나무로, 죽음에서 생명으로, 연민에서 숭고로 의미를 변전하고 통합하면서 스스로를 성찰한다. 그가 희망하는 '산딸나무'는 이렇게 본원과 미래의 상징과 의미가 된다.

시적 화자는 삶의 안전과 충족을 거두고, 넘치지도 모자라지도 않는 삶의 질량을 감당해내고 있다. 그리고

'산딸나무'라는 자연과 종교적 근본으로 스며들려는 존재의 윤리적 태도를 통해 '기품'과 '고상함'마저 보여준다. "살아오면서 내 쏟아낸 말의 씨앗들"은 단순히 시만을 의미하는 것이 아니라 사람들과 부딪쳐 살아온 그간의 필연적 관계를 의미하는데, 이를 되돌아보며 "순백 꽃송이 출렁이는 산딸나무 한 그루/ 키워놓고 떠나고 싶다"는 소망과 염원은 "초등학교 졸업반 손녀"의 또다른 존경과 자랑으로 남을 것을 예감케 한다.

고속버스터미널 호남선 대합실
흰 마스크에 눈만 빼꼼 드러난 중년 여자
"2만원만 도와주세요" 하며 다가선다

엉겁결에 비켜서며 얽히는 생각들
2천원도 아니고 2만원이라니?
내가 그리 부해 보였을까
그렇다 해도
내 적선기록으론 너무 큰 돈

그런데 만일 그 여자
고향 갈 차비가 없었다면
끼니 며칠 건너뛰었다면

나 커피 댓 잔 안 마시면 되는 돈

어쩜 그녀에겐 절망을 비껴갈

희망버스 승차권 같은 돈일지도 모를 일

그 돈 축난다고 내 인생 축난 것도

아닐 텐데……

남루한 형색, 까만 눈 잔상이

떴다 졌다 지워지지 않는다

어디서 또 마주치진 않을까

　　　　　　　　　　－「희망버스 승차권」 부분

　　장춘 시인의 대부분 작품들은 변두리 삶을 향한 무심
한 듯 우울한 관심을 소시민적 반성으로 담아내고 있다.
이러한 시적 전략은 삶의 심오한 가치를 선명하게 조직
하고 그 영향이 독자들에게 자연스레 파생되는 넉넉함
을 지니고 있다. 시인의 작품을 읽으면, 한 치의 되돌아
봄 없이 삶의 부피만을 완고하게 늘려가는 우리의 삶을
자연스럽게 되돌아보게 된다.

　　욕망과 갈등으로 들끓는 인간관계 속에서 올바른 존
재 방식의 추구 또는 이를 위한 행위의 지혜를 '윤리'라
고 한다면 장춘 시인은 윤리적 시인에 대단히 가깝다.
끊임없이 자신을 성찰하고 주위를 둘러보며 미래를 구

상하기 때문이다. 미래를 설계하거나 내다보는 일은 과거와 현재를 되돌아보고 재구성하는 작업 없이는 결코 현실화될 수 없다. '천신만고'의 삶 속에는 인간존재와 공동체의 존속을 위한 윤리의 충실성과 위반의 대결이 내재되어 있고, 또다른 차원의 생존이 스며있다. 고속버스터미널 대합실에서 "2만원만 도와"달라는 중년의 여자의 부탁에 "비켜서며 얽히는 생각들"은 화자가 우리와 다르지 않음을 보여준다. 그저 평범한 생활인에 불과한 화자는 "2천원도 아니고 2만원", 스스로가 "부해 보였을까", 자신이 적선하기엔 "너무 큰 돈"이라는 망설임과 엉킨 생각들을 가감없이 보여준다. 구체적 성찰을 위한 인간적 존재 조건을 조심스럽게 의미화하였다.

  새해 첫날 아침 "화장실이 막혔다고 울상"인 아랫집 새댁에게 수동압축기를 빌려주고는, "막힌 것 뻥 뚫리는 새해 아침"을 노래한 「까치 소리」나 "무릎 다쳐 목발 짚는 아내를 대신해 설거지를 하게 된 남자의 뒷모습을 이야기한 「설거지하는 남자」, 퇴근길 만원 버스에서 "벌떡 일어나 자리 내주는 청년"에게서 상큼한 선물을 받았다고 좋아하는 「기분 좋은 퇴근길」, 무교동 북어국집에서 해장하며 "사람도 천신만고 겪고 나면/ 남의 속 풀어주는 시원한 맛"이 우러나지 않겠느냐고 되묻는 「북어국」,

20년 사용한 침대의 다리가 부러지자 "두꺼운 책들로 벽돌 쌓아"주며 "갈 데까지 가보자"고 혼잣말하는 「흥부네 새해 아침」 등의 시편들은, 소시민으로서의 평범한 일상적 생활을 가감 없이 보여준다. 그는 감각의 성찰과 갱신보다는 일상에서 발견한 시적 장면을 통해 그 안에 녹아든 어떤 본원적 성찰과 가치를 그려내고자 하는 시인이다.

일군의 젊은 시인들은 '시적인 것'을 '감각적인 것'만으로 치부하는데, 이는 다소 경도된 생각이다. 시는 기존의 언어가 '시적인 것'으로 부려지는 과정에서 얻어지는 것이 아니라, '시적인 것'을 발견하였을 때 차이화된 언어로 직조되고 구조화되는 텍스트다. 이런 맥락에서 장춘 시인은 '시적인 것' 또는 '시적 장면'을 추스르는 데 능한 시인이다.

'시적인 것'은 단순히 시인의 개인성 혹은 주관성에 의해 자의적으로 응축되고 확장되는 감각과 욕망의 산물이 아니다. 그것은 시가 그러한 것처럼 시인과 독자가 구성하는 사회적 관계, 즉 의미 공동체에 의해 그 자격과 틀을 부여받는다. 그러니까 '시적인 것'은 감각과 인식 이전에 존재하는 것이며, 독자의 공감과 교감을 통해 완성되는 차원이라고 할 수 있다. 좋은 시는 언어 자체의 심미성보다는 '시적인 것'의 돌발적 발견과 의외적 구조화에 달려 있다.

이를 체험적으로 간파한 장춘 시인은 자신의 일상과 주변부 삶들에 대한 관심과 성찰의 역량을 작동시켜 소시민적 존재 방식의 윤리적 방향으로 시화詩化한다. 갑남을녀甲男乙女, 장삼이사張三李四와 같은 보통 사람들의 평범한 삶에 대한 응시와 그 과정에서 '시적인 것'을 발견하고 구조화하는 장춘 시인의 시적 방식은 다양한 삶의 방식과 지층을 꿰뚫고 헤아릴 줄 아는 절박한 지혜와 가치를 만들어낸다.

그리고 그가 지닌 이러한 윤리적 태도는 기본적으로 삶의 지난함을 서둘러 깨달은 자의 공허에서 비롯되고 있음도 알 수 있다.

앙상한 나목 꼭대기 언저리에
까치집 하나 검은 달처럼 떠 있다
빈 둥지,
생명의 온기 사라진 지 오래인 듯
설한풍 울어대는 마른 가지에서
언제 떨어질까 위태롭기만 한데
강변 나는 새들 눈길 한 번 주지 않고
무심히 스쳐 간다

내 잔뼈 자란 득량만 해변 시골집

부모님 뒷산으로 가시고 형수님마저

안방 비우신 뒤 마당도 텃밭도

잡풀 더미 무성한 빈집이 되었다

머지않아 기둥뿌리 지쳐 내려앉고

서까래 드러누운 폐허에서

소꿉놀이 시절 조개껍질 파편이나

더듬어볼 수 있을까

까치집 너머 떠오르는 텅 빈 초가

오늘따라 나의 심사 허전하게 하지만

머릿속 해마에 터 잡은 옛집, 처마 밑

남폿불이 갯바람에 연신 흔들거리며

손짓하고 있다

　　　-「빈 둥지」 전문

　'빈 둥지'라는 제목이 이미 많은 것을 제시하고 있지
만, 이 공간은 시인의 현재적 삶과 시가, 일상과 자연의
심미감 속으로 자연스럽게 흘러드는 것을 짐작하게 한
다. "앙상한 나목 꼭대기 언저리"의 빈 둥지와 화자의
"잔뼈 자란 득량만 해변 시골집"은 모두 비어있는 폐허
다. 화자의 허전한 '심사' 역시 그렇다. 표면상으로는 안

온한 듯 보이지만 존재와 자연 사이에 놓인 공허의 편재와 초극의 동시성을 은연중에 보여준다. 모든 것이 부재한 상황, "생명의 온기"마저 사라진 폐허는 통속적이지만 오히려 존재의 본원성으로의 귀환에 가깝다. 그래서 화자는 "남폿불이 갯바람에 연신 흔들거리며/ 손짓하고 있다"고 고백한다. '빈 둥지'는 기억과 상실이 서로의 간섭과 개입 속에서 적절히 조정되어 정서적 공감대를 확장시키는 새로운 공간으로 거듭난다.

이처럼 '빈 둥지'는 상실과 공허, 외로움이라는 자의적 정서의 배출을 위한 선택과 조합이 아니다. 오히려 누구나 공감하고 동의할 만한 보편적 언어와 정서의 구현물이다. 이 말은 시인이 초월적 가치만을 추구하고 있지 않다는 의미이다. "언제 떨어질까 위태롭기만 한" 현실에서 삶의 보편성과 정서의 고유성을 발굴하고 언어로 형상화하려는 시인의 노력을 의미하기도 한다.

본원적 의미가 비껴간 변두리 존재와 사물의 자리를 바라보는 성찰의 자세는, 고단한 삶과 비루한 일상에 대한 거절이며, 부가적으로 일상의 삶을 고유한 방식으로 자기화하는 지혜를 보여준다.

장춘의 많은 시에서 그를 대리한 화자들은, 한 웅큼 남은 대게 껍질을 보며 "자취 없이 마감하는 허무한

생"(「삼척기행2」)을 그려내고, "빈손 쥐고 와서/ 빈손 털고 가는"(「거저 주는 사랑」) 게 인생이라고 거저 주는 사랑만 남는 거라고 고백하기도 하고, "고시 공부방 외로운 뜨락"(「석양빛 그림자」)에서 듣던 두견새 울음소리를 통해 삶의 공허를 노골적으로 드러내기도 한다. 이러한 삶의 공허는 존재의 상실에서 비롯되었다고 봐야 할 것이다.

빈 둥지의 까치나 시골집의 형수님처럼, "저 산 너머 가"신(「혼자 피는 접시꽃」) 어머니와 운동화 한 번 신어보지 못하고 "검정 고무신 닳도록 신다/ 꿰매 신으시던"(「아버지의 검정 고무신」) 아버지, "친정집 가서 쌀서 말 얻어"(「황촉불 타는 밤」) 함께 이고 지고 오던 형수, "어느 회사 통관용역 주선해 달라"고(「때늦은 부탁」) 부탁하던 친구, "케냐 오지 탈라로 결연히 떠"났다가(「탈라야, 울지 마라」) 코로나로 숨을 거둔 늦깎이 선교사는, 이제 부재와 공백의 대상이 되었다. 그래서 시인의 공허는 더욱 깊다. 죽음의 편력은 영원한 마감을 의미하겠지만 존재의 흔적과 가치마저 일거에 무화될 리는 없다. 시인이 "애틋한 시절 그리운 것들은 다/ 별빛 쏟아지는 저 산 너머에 산다"(「그리운 것들은 저 산 너머에」)고 이야기할 수 있는 바탕에는, 장춘 시인의 공허가 삶에 평안함과 그윽함을 더해주는 심미적 기능이 스며있다는 전제가 있다. 그는 과거와 현재, 미래를 관통하는 존재의 영원성을 통해 현재 삶의 공허를 은밀히 다독인다.

> 설악산 솔숲길 지나가는데
> 머리에 솔방울 하나 툭 떨어졌네
>
> 반가운 마음에 얼른 솔방울 주워서
> 나무 듬성한 빈터에 던져주었네
> 거기 가서 청솔 한 세상 풀어놓으라고
>
> 나 사는 이 행성
> 어느 날 우지끈 궤도 벗어나
> 아득한 우주에 뚝 떨어지면
> 누가 주워서 어디에다 던져줄까
>
> 이 별에 떨어져 나 살아온 것 같이
> 아득한 우주에서도
> 저 하늘과 산, 별과 파도 데리고
> 살 순 없을까
> ─ 「솔방울 던져주며」 전문

장춘 시인은 삶의 세목들 부단히 저울질하면서도 고유한 삶의 무늬를 조심스럽게 직조하는 부드러움을 지닌 시인이다. 그는 앞서 이야기한 바와 같이 시적인 것을 잘 추스르면서도 그 안에 삶의 원리를 완숙하게 짜 넣을 줄 안다. 숲길에서 주운 솔방울 하나를 "나무 듬성한 빈터에 던져주"는 것은 능동적 행위이다. 툭 떨어진 솔방울과 "이 별에 떨어져" 살아온 '나'는, 삶의 의지와 죽음의 순화로 무두질되지 않는다. 오히려 일체로서의 '삶-죽음'을 향한 연대의 생령生靈으로 바라보게 된다.

　　아득한 우주에서도 "저 하늘과 산, 별과 파도 데리고" 살고 싶다는 욕망은 인간의 삶이 지니고 있는 우연성과 그것을 감당해내야 하는 운명에 대한 정서적 토로이다. 시인은 주어진 현실이나 타자와의 연관을 억압하고 제거하는 방식 대신에, 우리 삶의 이면에 숨겨진 풍요로운 연관을 가치화 해낸다. 가령 "거기 가서 청솔 한 세상 풀어놓으라고"나 "누가 주워서 어디에다 던져줄까"와 같은 시행에서 드러나는 타자에 대한 애정과 자기애는, 삶에 대한 배려 또는 삶의 윤리에 해당한다. 풀어주고 던져줄 것을 바라는 이 대조적 행위는 영혼의 동일한 파장을 불러일으킨다. 그 탓에 독자는 우연을 가장한 솔방울과 '나'의 운명, 인간과 절대적 존재, 지구와 우주와의 관

계, 그 관계에서 발생하는 아우라의 진정성에 한 번 더
주목하게 된다.

이 지점에서 함께 살펴봐야 할 작품이 있다면 「기다
림」이다. 전문을 인용하진 않겠지만 시인은, 사랑하는
사람을 기다리며 "천 일도 하루같이" 여기는 자세나 "꿈
은 반드시 이루어진다"는 믿음으로 고난을 참는 일, 그
믿음으로 "보이지 않는 것을 바라보고" 길이 기다리는
일에 동일한 의미적 가치를 부여한다. 이때의 기다림은
시간의 소비가 아니라 오히려 역동적 행위에 속하게 된
다. "기다림으로 끝나 버리는" 기다림을 거부하는 화자
의 속내는 삶의 관조보다는 응시를 우위에 놓고 있으며,
이는 기다림 역시 단지 수동적 행위가 아니라 믿음을 지
닌 인간이 할 수 있는 가장 적극적 자세임을 증명한다.
표면적으로는 순종적이며 관조로 보이지만 속내는 솔
방울을 빈터에 던지며, 집요한 기다림을 견지하는 의지
의 태도를 읽어낼 수 있다.

이러한 의지적 태도 탓에, 장춘의 시들은 일반적 관행
에서 벗어나 있는 경우가 종종 있다. 이를테면 자아에
대한 성찰은 일반적으로 신성 앞에서 비루한 형태로 외
현되기 마련인데, 장춘 시인은 자신만의 방식으로 사유
하고 순응하며 다른 차원의 가능성을 열어둔다. 스스로

를 "눈에 보이지 않는 한낱 먼지"에 불과하다며 자신의 삶을 우주에 견줘 무한대와 무한소 사이에 놓인 '우주의 미아'가 아닐까 중얼대는 시 「우주의 미아」 등을 보면, 현실에서 결여된 삶이 어떤 숙명에 의해 은폐되거나 삭제되었다 하더라도, 시인에 의해 다시 회복되고 확장되는 시적 상황으로 반전되는 것을 확인할 수 있다. 시인 장춘의 각성과 행복은, 충만한 영혼이 아니라 결핍된 삶에 대한 응시와 성찰에서 대개 얻어진다.

우리는 흔히 현실과 삶의 제한성을 염두에 두고 꿈이나 영원을 구원의 양식으로 취하곤 한다. 하지만 시인은 되돌아봄 없는 꿈과 죽음의 성찰 없는 영원은 허구임을 지적한다. 절대적 존재인 신을 통해 타자와의 연대를 다시 묻고 친밀성의 재구성을 통해 그에게 가닿기를 희원한다.

그럼 이러한 의지는 어디에서 비롯되는 것일까.

내가
가끔 거짓말 좀 했더라도
때때로 화를 좀 냈더라도
나
그렇게 나쁜 인간 아닌 걸

당신은 알고 있소

내가
그래도 정직하게 살아 보려고
어쨌든 성내지 않으려고 애쓴 것도
당신은 알고 있소

죄는
양이 아니라 유무의 문제라며
날마다 내 속 빤히 꿰뚫어 보고
날 옴짝달싹 못하게 하는 당신

당신은
세상에서 날 가장 잘 아는 사람
가장 무서운 심판관
가장 진실한 증인
– 「가장 진실한 증인」 전문

　시집 『출렁다리』에서 시인이 보여주는 종교적 신앙과
일상적 경험은 종종 동일한 가치와 성찰의 지반에 세워
진다. 장춘 시인에게 시는 때때로 마음의 절대성 혹은
경전으로서의 마음을 기록하고 발화하는 텍스트로 읽
히기 때문이다. 결핍된 인간의 욕망을 스스로 들여다보

고, 인간의 본원적 존재 원리를 탐측하고 실천하는 성찰체로서 시가 작동한다. 그래서 그에게 시는 인간의 본성을 마름질하고 깁고 펼치기를 반복하는 또다른 삶의 현장이기도 하다.

이때 자기 삶의 방식에 대한 알리바이가 필요하다. 시인은 기꺼이 절대적 존재인 '당신'을 소환한다. 나를 "옴싹달싹 못하게 하는 당신"은 "가장 무서운 심판관"이며 "가장 진실한 증인"인데, 이러한 당신의 존재로 인해 현실과 자연의 질서가 구현되는 본원적 자세를 유지하기 위해 하자는 스스로 엄격해진다. 앞서 이야기한 바와 같이 바로 이 지점에서 시인의 윤리적 자세가 비롯된다. "정직하게 살아 보려" 애쓰는 모습이나 "성내지 않으려고 애쓴" 생활이 특별한 자기 수양의 모습은 아닐 것이다. 그럼에도 불구하고 고통과 좌절로 얼룩진 삶 속에서도, 끊임없이 스스로를 성찰하고 갱신하며 보다 나은 삶을 위해 노력하는 이러한 윤리적 태도는, 인생의 상흔을 치유하고 여타의 타자들을 다시금 사랑하게 하는 시적 자세가 된다. 평범한 일상에서 근근한 구원을 희원하는 장춘 시인의 시적 자세는 우리 스스로에게 바치는 가장 값진 경의일지도 모른다.

시를 쓰고 시를 읽는 행위를 통해 우리는 우리의 삶과

내면을 복기한다. 장춘 시인은 시 쓰기를 윤리적 차원으로 이끌며, 우리 시대의 공동감각을 만들어내고 삶의 여지와 미래를 질서와 화해 속에서 기획하는 데 능하다. 장춘 시인은 현란한 수사만 요란한 요즘의 시단에서, 일상의 소소한 행복과 자기 성찰을 통해 삶의 탄력적 율동을 구현하고 있는 귀한 시인이다. 그의 시심이 더욱 깊게 뿌리내려, 그리고 조용히 흘러넘쳐, 우리 삶의 근원과 기초를 기억하고 다지는 아름다운 시로 거듭나길 기대한다. 그리고 "발만 떼면 출렁출렁 흔들거려" "뒤뚱뒤뚱 한 세상 건나가"면서도(「출렁다리」), 한평생 받은 봄비 같은 은혜/ 언제 다 갚고 갈까(「우산 받쳐준 사람」)를 고민하는 그가, "듬성한 빈터에 던져" 만든 "청솔 한 세상"을 다시금 독자들과 함께 볼 날을 기대한다.□

시와함께(Along with Poetry) 시인선 023

장춘 시집

출렁다리

발　행　2022년 11월 22일

지은이　장춘

펴낸이　양소망

펴낸곳　도서출판 넓은마루

주　소　(03132) 서울특별시 종로구 삼일대로 30길21, 1103호(낙원동, 종로오피스텔)

전　화　02-747-9897, 010-7513-8838

이메일　withpoem9@hanmail.net

출판등록　제2019호-000100호

인쇄 · 제본　(주)지엔피링크

저작권자 ⓒ 2022, 장춘

ISBN 979-11-90962-25-4(04810) 979-11-90962-04-9 (세트)

값 12,000원